다시
일어서는 게
중요해

# 다시 일어서는 게 중요해

이재경 엮음

초판 1쇄 인쇄 · 2013. 5. 25.
초판 1쇄 발행 · 2013. 6. 5.

발행인 · 이상용 이성훈
발행처 · 청아출판사
출판등록 · 1979. 11. 13. 제9-84호
주소 · 경기도 파주시 문발동 출판문화정보산업단지 507-7
대표전화 · 031-955-6031
팩시밀리 · 031-955-6036
홈페이지 · www.chungabook.co.kr
E-mail · chunga@chungabook.co.kr

ISBN  978-89-368-1044-3     03840

* 값은 뒤표지에 있습니다.
* 잘못된 책은 구입한 서점에서 바꾸어 드립니다.
* 본 도서에 대한 문의사항은 홈페이지나 이메일을 통해 주십시오.

위로가 필요한 당신의 삶에

# 다시
# 일어서는 게
# 중요해

이재경 엮음

청아출판사

## 차 례

# 사막의
# 진실

"사막이 아름다운 것은 어딘가에 우물을 감추고 있기 때문이야…"

– 앙투안 드 생텍쥐페리(1900~1944, 프랑스), 《어린 왕자》

"What makes the desert beautiful is that somewhere it hides a well⋯"

–Antoine de Saint-Exupéry, *The Little Prince*

# 내면의
# 중요성

"내가 왕이 되면 저들에게 빵과 잠자리만 줄 게 아니라
책 공부도 시켜야겠다.
정신과 마음이 굶어죽는 판에 배만 불러서 뭐하겠어."

　　－마크 트웨인(1835~1910, 미국),《왕자와 거지》

"When I am king, they shall not have bread and shelter only,
but also teachings out of books;
for a full belly is little worth where the mind is starved, and the heart."

　　–Mark Twain, *The Prince and The Pauper*

모든
것에는
끝이 있다

아무리 먼 길도 반드시 끝이 있고,
아무리 어두운 밤도 결국은 동이 트게 돼 있다.

−해리엇 비처 스토(1811∼1896, 미국),《톰 아저씨의 오두막》

The longest way must have its close–
the gloomiest night will wear on to a morning.
–Harriet Beecher Stowe, *Uncle Tom's Cabin*

# 과거의
# 의미

"현재에 보탬이 되지 않는 과거는 떠올려 봐야 소용없다."

-찰스 디킨스(1812~1870, 영국),《데이비드 코퍼필드》

"It's in vain, to recall the past,

unless it works some influence upon the present."

–Charles Dickens, *David Copperfield*

# 기대와
# 실망

"린드 부인은 '기대하지 않으면 실망할 일이 없어서 좋다'고 하시지만,
제 생각에는 아무것도 기대하지 않는 것이
실망하는 것보다 더 나쁜 것 같아요"

–루시 모드 몽고메리(1874~1942, 캐나다), 《빨간 머리 앤》

"Mrs. Lynde says, 'Blessed are they who expect nothing for they shall not
be disappointed.' but I think it would be worse to expect nothing than to
be disappointed."

–Lucy Maud Montgomery, *Anne of Green Gables*

# 상상력(I)

"사람에게 가장 필요한 자질은 상상력인 것 같아요.
상상력이 있어야 남의 입장에서 생각할 수 있어요.
상상력이 있어야 친절과 공감과 이해가 가능해요."

– 진 웹스터(1876~1916, 미국), 《키다리 아저씨》

"I think that the most necessary quality for any person to have is
imagination. It makes people able to put themselves in other people's
places. It makes them kind and sympathetic and understanding."

–Jean Webster, *Daddy-Long-Legs*

# 지혜

"지혜는 전수할 수 없습니다. 현자가 전수하는 지혜는 남에게는 헛소리로 들릴 뿐입니다. [...] 지식은 전달할 수 있지만, 지혜는 전달할 수 없습니다. 지혜는 깨닫고, 살아내고, 그것으로 감화를 받고, 그것을 통해 기적을 이루는 것이지, 말로 표현하거나 가르칠 수 있는 것이 아닙니다."

— 헤르만 헤세(1877~1962, 독일), 《싯다르타》

"Wisdom cannot be passed on. Wisdom which a wise man tries to pass on to someone always sounds like foolishness. [...] Knowledge can be conveyed, but not wisdom. It can be found, it can be lived, it is possible to be carried by it, miracles can be performed with it, but it cannot be expressed in words and taught."

–Hermann Hesse, *Siddhartha*

# 행복

행복은 애지중지할 소유물이 아니라,
생각의 자질이고, 정신의 상태다.
－다프네 뒤 모리에(1907~1989, 영국), 《레베카》

Happiness is not a possession to be prized,
it is a quality of thought, a state of mind.
－Daphne du Maurier, *Rebecca*

# 나쁜
# 습관

절망 자체보다 절망하는 습관이 더 나쁘다.

−알베르 카뮈(1913~1960, 프랑스),《페스트》

*The habit of despair is worse than despair itself.*

−Albert Camus, *The Plague*

# 글의
# 힘

"나는 항상 검이나 총보다는
한 자루의 펜과 한 병의 잉크와
한 장의 종이가 휘두르는 힘이 더 두려웠소."

―알렉상드르 뒤마(1802~1870, 프랑스),《몬테크리스토 백작》

"I have always had more dread of a pen,
a bottle of ink, and a sheet of paper,
than of a sword or pistol."

―Alexandre Dumas, *The Count of Monte Cristo*

용감한
사람

비겁한 사람은 죽기 전부터 여러 번 죽지만
용감한 사람은 오직 한 번만 죽음을 맛본다.
– 윌리엄 셰익스피어(1564~1616, 영국), 《율리우스 카이사르》

Cowards die many times before their deaths:
The valiant never taste of death but once.
–William Shakespeare, *Julius Caesar*

# 진정한
# 정신력

"인생에 큰 시련이 닥쳤을 때만 인격이 드러나는 것은 아니에요.
위기에 의연히 대처하고 참담한 비극에 대차게 맞서는 것쯤
누군들 못하겠어요?
일상의 사소한 불운들을 웃어넘기는 것,
그거야말로 정신력을 요하는 일이에요."

— 진 웹스터(1876~1916, 미국),《키다리 아저씨》

"It isn't the big troubles in life that require character. Anybody can rise to
a crisis and face a crushing tragedy with courage, but to meet the petty
hazards of the day with a laugh– I really think that requires spirit."

—Jean Webster, *Daddy-Long-Legs*

# 다른
# 사랑

짐승의 사랑은 사심 없고 헌신적인 사랑이다.
그 사랑에는, 인간의 얄팍한 우정과 덧없는 의리에 지쳐 버린
마음을 두드리는 무언가가 있다.

−에드거 앨런 포(1809~1849, 미국), 《검은 고양이》

There is something in the unselfish and self-sacrificing love of a brute,
which goes directly to the heart of him who has had frequent occasion to
test the paltry friendship and gossamer fidelity of mere Man.

−Edgar Allan Poe, *The Black Cat*

# 마음가짐

"마음을 갖고 싶다니 그게 무슨 소리야.

사람들이 불행한 것은 다 마음 탓이야. 그걸 모르다니,

너는 마음이 없어서 다행인줄 알아."

－라이먼 프랭크 바움(1856~1919, 미국),《오즈의 마법사》

"I think you are wrong to want a heart. It makes most people unhappy.

If you only knew it, you are in luck not to have a heart."

–Lyman Frank Baum, *The Wonderful Wizard of Oz*

# 침묵

들어주지 않는다고 침묵할 이유는 없다.

-빅토르 위고(1802~1885, 프랑스), 《레 미제라블》

That one is not listened to is no reason for preserving silence.

—Victor Hugo, *Les Misérables*

# 세상에
# 신성한 전쟁은
# 없다

"신성하지 않은 전쟁도 있나요. 전쟁에 나간 사람들한테야 다 신성하죠. 전쟁을 시작한 인간들이 전쟁을 신성하게 만들지 않으면, 어느 바보가 나가서 싸우겠어요? 하지만 웅변가들이 전쟁하는 바보들에게 어떤 구호를 내리고 전쟁터에 어떤 명분을 깔든, 전쟁하는 이유는 딱 하나밖에 없어요. 바로 돈이죠. 알고 보면 전쟁은 모두 밥그릇 싸움이에요. 하지만 그걸 깨닫는 사람이 별로 없어요. 사람들 귓속은 나팔소리와 북소리, 그리고 집에 편히 있는 웅변가들의 번지르르한 말들로 가득해서 다른 소리를 못 들어요. 전쟁은 다 같아요. 구호만 '이단의 손에서 그리스도의 무덤을 구하자!'에서 '천주교 타도!'로, '자유를 달라!'에서 '목화와 노예제도와 남부연합의 주권을 지키자!'로 바뀔 뿐이죠."

—마거릿 미첼(1900~1949, 미국), 《바람과 함께 사라지다》

"All wars are sacred. To those who have to fight them. If the people who started wars didn't make them sacred, who would be foolish enough to fight? But, no matter what rallying cries the orators give to the idiots who fight, no matter what noble purposes they assign to wars, there is never but one reason for a war. And that is money. All wars are in reality money squabbles. But so few people ever realize it. Their ears are too full of bugles and drums and the fine words from stay-at-home orators. Sometimes the rallying cry is 'Save the Tomb of Christ from the Heathen!' Sometimes it's 'Down with Popery!' and sometimes 'Liberty!' and sometimes 'Cotton, Slavery and States' Rights!'"

–Margaret Mitchell, *Gone with the Wind*

# 영원한
# 갈등

"죽느냐 사느냐 이것이 문제로다.

가혹한 운명의 활과 살을 참고 견디는 것과

고난의 물결에 대항하여

싸워 없애 버리는 것,

어느 것이 더 고상한 마음인가."

― 윌리엄 셰익스피어(1564~1616, 영국), 《햄릿》

"To be, or not to be: that is the question:
Whether 'tis nobler in the mind to suffer
The slings and arrows of outrageous fortune
Or to take arms against a sea of troubles,
And by opposing end them?"

—William Shakespeare, *Hamlet*

# 시간(I)

꽃은 피고 졌다. 해는 뜨고 저물었다. 연인은 사랑하고 떠났다.

-버지니아 울프(1882~1941, 영국),《올란도》

The flower bloomed and faded.

The sun rose and sank.

The lover loved and went.

–Virginia Woolf, *Orlando*

# 사람은
# 무엇으로
# 사는가

"나는 사람이 자기 살 궁리로 사는 게 아니라, 타인의 사랑으로 산다는 것을 알았습니다. [...] 내가 지상에 떨어졌을 때 목숨을 부지한 것은 내가 내 걱정을 했기 때문이 아니라, 지나가던 남자에게 사랑이 있었고, 그 남자와 그의 아내가 나를 불쌍히 여겨 사랑을 베풀어 준 덕분입니다. 고아들이 잘 클 수 있었던 것도 죽은 엄마가 아이들 걱정을 했기 때문이 아니라, 생면부지였던 한 여인의 마음속에 사랑이 있어 그 아이들을 가엾게 여기고 사랑을 주었기 때문입니다. 사람은 자기 안위를 걱정하는 마음으로 사는 게 아닙니다. 사람 안에 있는 사랑으로 삽니다."

–레프 톨스토이(1828~1910, 러시아), 《사람은 무엇으로 사는가》

"I have learnt that all men live not by care for themselves, but by love. [...] I remained alive when I was a man, not by care of myself, but because love was present in a passer-by, and because he and his wife pitied and loved me. The orphans remained alive, not because of their mother's care, but because there was love in the heart of a woman, a stranger to them, who pitied and loved them. And all men live not by the thought they spend on their own welfare, but because love exists in man."

—Lev Tolstoy, *What Men Live By*

# 누군가를
# 미워하는
# 일은

"누군가를 미워하는 것은 그에게서 엿본 본인의 모습을 미워하는 것입니다.
자기 모습이 아닌 것은 봐도 괴롭지 않아요."

－헤르만 헤세(1877~1962, 독일),《데미안》

"If you hate a person, you hate something in him that is part of yourself.
What isn't part of ourselves doesn't disturb us."

–Hermann Hesse, *Demian*

# 사랑(I)

"이유는 찾지 말아 줘. 사랑에는 이유도 원인도 설명도 해결책도 없으니까."

－아나이스 닌(1903~1977, 미국), 《헨리와 준》

"Do not seek the because– in love there is no because, no reason,

no explanation, no solutions."

– Anaïs Nin, *Henry and June*

# 소유

소유는 본질적으로 사람을 영원히 '나'에 가둔다.
그리고 '우리'로부터 영원히 단절시킨다.

－존 스타인벡(1902～1968, 미국),《분노의 포도》

The quality of owning freezes you forever in "I,"

and cuts you off forever from the "we."

－John Steinbeck, *The Grapes of Wrath*

# 인생(I)

그리하여 우리는 앞으로, 앞으로 나간다.

물결을 거스르는 배처럼.

끝없이 과거로 떠밀리면서.

−프랜시스 스콧 피츠제럴드(1896~1940, 미국), 《위대한 개츠비》

So we beat on, boats against the current,

borne back ceaselessly into the past.

−Francis. Scott Fitzgerald, *The Great Gatsby*

# 내 안의
# 또 다른
# 나

날마다 나는 [...] 놀라운 진실에 꾸준히 근접했다. 자칫 어설프게 발견했다가
는 무시무시한 파멸에 직면할 수 있는 진실. 그 진실은 바로, 개인은 본래 하
나의 존재가 아니라 두 개의 존재로 이루어져 있다는 것이다. [...] 나는 인간
의 원초적이고 철저한 이중성을 인식하게 됐다. 두 가지 본성이 내 의식을 전
쟁터 삼아 싸웠다. 양쪽 모두 나였다. 둘 다 나의 근본이었다. [...] 만약 이 두
본성이 독립된 개체로 분리될 수 있다면 인생에서 고통이 사라지지 않을까?
그렇게 되면 악한 본성은 선한 본성의 염원과 회한에서 해방되어 제 갈 길을
가고, 선한 본성도 맘 놓고 꾸준히 옳은 길을 갈 수 있다. 자기 좋은 대로 선
한 일들을 하면 된다. 더는 사악한 손아귀에 잡혀 모멸감을 느낄 필요도, 참
회의 눈물을 흘릴 필요도 없다. 이토록 상극인 쌍둥이가 하나로 묶여서, 고
통 받는 양심의 자궁 안에 갇혀서, 끊임없이 싸워야 하는 것이야말로 인류가
받은 저주. 어떻게 하면 이 두 본성을 분리할 수 있을까?

　　　　　　　　ㅡ로버트 루이스 스티븐슨(1850~1894, 스코틀랜드),《지킬 박사와 하이드 씨》

With every day, [...] I thus drew steadily nearer to that truth, by whose partial discovery I have been doomed to such a dreadful shipwreck: that man is not truly one, but truly two. [...] I learned to recognise the thorough and primitive duality of man; I saw that, of the two natures that contended in the field of my consciousness, even if I could rightly be said to be either, it was only because I was radically both; [...] If each, I told myself, could be housed in separate identities, life would be relieved of all that was unbearable; the unjust might go his way, delivered from the aspirations and remorse of his more upright twin; and the just could walk steadfastly and securely on his upward path, doing the good things in which he found his pleasure, and no longer exposed to disgrace and penitence by the hands of this extraneous evil. It was the curse of mankind that these incongruous faggots were thus bound together – that in the agonised womb of consciousness, these polar twins should be continuously struggling. How, then were they dissociated?

–Robert Louis Stevenson, *The Strange Case of Dr. Jekyll and Mr. Hyde*

# 웃음

질병이나 슬픔만 전염되는 것이 아니다.
웃음과 유머에야말로 불가항력의 전염성이 있다.
이 얼마나 공평무사하고 고매한 분배원리인가.

－찰스 디킨스(1812~1870, 영국), 《크리스마스 캐럴》

It is a fair, even-handed, noble adjustment of things, that while there
is infection in disease and sorrow, there is nothing in the world so
irresistibly contagious as laughter and good-humour.

–Charles Dickens, *A Christmas Carol*

# 마음의
# 구멍

"너는 사랑을 하려 들지 않아.

너에게는 끝없이 사랑받으려는 비정상적인 욕구만 있을 뿐이야.

너는 주지는 않고 받기만 해. 네 안에 어딘가 뻥 뚫려 있어서

그것을 사랑으로 채워야 하는 것처럼,

너는 빨아들이고 또 빨아들일 뿐이야."

-데이비드 허버트 로렌스(1885~1930, 영국), 《아들과 연인》

"You don't want to love– your eternal and abnormal craving is to be loved. You aren't positive, you're negative. You absorb, absorb, as if you must fill yourself up with love, because you've got a shortage somewhere."

–David Herbert Lawrence, *Sons and Lovers*

# 가면을
# 쓴
# 사람들

슬플 때 즐거운 가면을 쓰고, 기쁠 때 슬프거나 지루하거나 무덤덤한 가면을 쓸 줄 모르는 사람은 진정한 파리 사람이라고 할 수 없다. 친구가 어려움에 처했다고 위로하려 들지 마라. 벌써 아무렇지 않다고 할지 모른다. 행운을 만난 친구에게도 섣불리 축하하지 마라. 그 친구는 그 행운을 너무도 당연하게 생각해서, 새삼 그 얘기를 꺼내는 것에 놀랄지 모른다. 파리 사람들의 생활은 하나의 가면무도회와 같다.

–가스통 르루(1868~1927, 프랑스), 《오페라의 유령》

None will ever be a true Parisian who has not learned to wear a mask of gaiety over his sorrows and one of sadness, boredom or indifference over his inward joy. You know that one of your friends is in trouble; do not try to console him: he will tell you that he is already comforted; but should he have met with good fortune, be careful how you congratulate him: he thinks it so natural that he is surprised that you should speak of it. In Paris, our lives are one masked ball.

–Gaston Leroux, *The Phantom of the Opera*

# 실수의
# 이유

인간은 노력하는 한 실수하게 돼 있노라.

-요한 볼프강 폰 괴테(1749~1832, 독일), 《파우스트》

For while man strives he errs.

–Johann Wolfgang von Goethe, *Faust*

# 위하여

"모두는 하나를 위하여, 하나는 모두를 위하여."

−알렉상드르 뒤마(1802~1870, 프랑스), 《삼총사》

"All for one, one for all."

−Alexandre Dumas, *The Three Musketeers*

# 휴식

"험한 산을 올라 정상에서 숨을 돌리는 여행자의 휴식은 달콤하기 그지없다.
하지만 언제까지나 쉬라고 하면 과연 행복할까?"

– 스탕달(1783~1842, 프랑스),《적과 흑》

"The traveller, after climbing a steep mountain,
rests himself at the top, and finds pleasure in repose;
but would he be happy if he were compelled always to rest?"

# 무지한
# 인간

"없는 자들은 빈곤 탓에 무지하고, 있는 자들은 탐욕 때문에 무지하다."

－막심 고리키(1868~1936, 러시아), 《어머니》

"The poor people are stupid from poverty, and the rich from greed."

–Maxim Gorky, *Mother*

# 나무
# 같은
# 사랑

사랑이란 한 그루의 나무 같아서, 저절로 자라나 존재 안에 깊이 뿌리 내리고 폐허가 된 마음 위에도 푸르게 우거진다. 그리고 불가해하게도, 맹목적인 사랑일수록 더 완강하게 자라고, 불합리한 사랑일수록 더 굳게 뿌리 내린다.

−빅토르 위고(1802~1885, 프랑스), 《파리의 노트르담》

Love is like a tree; it grows of itself, strikes its roots deep into our being, and often continues to flourish and keep green over a heart in ruins. And the inexplicable part of it is, that the blinder this passion the more tenacious is it. It is never more firmly seated than when it has no sort of reason.

−Victor Hugo, *The Hunchback of Notre-Dame*

# 시간(Ⅱ)

알다시피 시간은 때로는 새처럼 날아가고, 때로는 벌레처럼 기어간다.
하지만 시간이 빠른지 느린지조차 깨닫지 못할 때가 인간은 가장 행복하다.

－이반 투르게네프(1818~1883, 러시아), 《아버지와 아들》

TIME, it is well known, sometimes flies like a bird, sometimes crawls
like a worm; but man is wont to be particularly happy when he does not
even notice whether it passes quickly or slowly.

–Ivan Turgenev, *Fathers and Sons*

# 내
## 성격

"내가 말을 하면 다들 잘난 척한다고 한다. 말을 안 하면 웃기고 있다고 하고, 대꾸하면 버릇없다고 하고, 생각을 내면 교활하다고 하고, 피곤해하면 게으르다고 하고, 한 입만 더 먹어도 이기적이라고 한다. 멍청하고, 비겁하고, 계산적이고, 어쩌고저쩌고. 온종일 내가 듣는 소리라고는 나 때문에 짜증나 죽겠다는 소리뿐이다. 웃어넘기며 신경 안 쓰는 척하지만 신경을 안 쓸 수가 없다. 할 수만 있다면 하느님께 성격을 개조해 달라고 하고 싶다. 모두에게 밉상이 아닌 성격으로."

안네 프랑크(1929~1945, 독일), 《안네의 일기》

"Everyone thinks I'm showing off when I talk, ridiculous when I'm silent, insolent when I answer, cunning when I have a good idea, lazy when I'm tired, selfish when I eat one bite more than I should, stupid, cowardly, calculating, etc., etc. All day long I hear nothing but what an exasperating child I am, and although I laugh it off and pretend not to mind, I do mind. I wish I could ask God to give me another personality, one that doesn't antagonize everyone."

—Anne Frank, *The Diary of a Young Girl*

# 동심의
# 실종

"요즘 아이들은 아는 게 너무 많아. 그래서 금방 요정을 믿지 않게 돼.
어떤 아이가 '나는 요정 따위 믿지 않아.'라고 하면,
그때마다 어디선가 요정 하나가 죽어서 떨어지는 건 알까."

－제임스 매튜 배리(1860~1937, 스코틀랜드), 《피터 팬》

"You see children know such a lot now, they soon don't believe in fairies,
and every time a child says, 'I don't believe in fairies,'
there is a fairy somewhere that falls down dead."

–James Matthew Barrie, *Peter Pan*

# 진정성

한 인물의 아름다움이나 추함은 그 인물의 행적에만 있는 것이 아니다.
그 인물의 목적과 욕구에도 있다.
한 인물의 진정한 역사는 그가 행한 바가 아니라
그가 의도한 바에서 찾아야 한다.

−토머스 하디(1840~1928, 영국), 《테스》

The beauty or ugliness of a character lay not only in its achievements,
but in its aims and impulses; its true history lay not among things done,
but among things willed.

−Thomas Hardy, *Tess of the d'Urbervilles*

# 한마음

"마음만 있고 머리는 없는 바보나, 머리만 있고 마음은 없는 바보나
불행하기는 매한가지다. 내가 이런 바보라면 당신은 저런 바보다.
결국은 나도 당신도 고통스럽고, 나도 당신도 불행하다."

－표도르 도스토예프스키(1821~1881, 러시아), 《백치》

"A fool with a heart and no brains is just as unhappy
as a fool with brains and no heart. I am one and you are the other,
and therefore both of us suffer, both of us are unhappy."

–Fyodor Dostoevsky, *The Idiot*

# 감정

인간의 감정은 어떤 비밀스런 각양각색의 샘에서 솟아나기에,
처한 환경에 따라 이토록 변화무쌍하단 말인가!
우리는 오늘 사랑하는 것을 내일은 혐오하고,
오늘 구하는 것을 내일은 기피하고,
오늘 갈망하는 것을 내일은 두려워한다.
두려워하는 정도가 아니라 생각만 해도 치를 떤다.

-다니엘 디포(1660~1731, 영국),《로빈슨 크루소》

By what secret different springs are the affections hurried about,
as different circumstances present!
To-day we love what to-morrow we hate;
to-day we seek what to-morrow we shun;
to-day we desire what to morrow we fear,
nay, even tremble at the apprehensions of.

–Daniel Defoe, *Robinson Cruso*

# 모험

"그러니 동생아, 너도 같이 가자. 시간은 하루하루 흘러서 다시는 돌아오지 않아. 남녘이 아직 너를 기다리고 있어. 모험을 떠나. 부름에 답해. 돌이킬 수 없는 순간이 오기 전에! 뒤로는 문을 쾅 닫고 앞으로 경쾌한 걸음을 내딛어. 그러면 옛 삶은 가고 새로운 삶이 시작되는 거야! 그리고 훗날, 아주 먼 훗날, 잔이 마르고 연극이 끝났을 때, 원하면 다시 집에 돌아와서 너의 조용한 강가에 앉아 친구들에게 이야기보따리를 한가득 풀어놓는 거야. 나는 나이 들고 걸음도 느리니, 젊은 네가 나를 따라잡는 것은 어렵지 않을 거야. 자주 돌아보면서 쉬엄쉬엄 가고 있을게. 그럼 결국은 네가 신나고 가벼운 마음으로, 남녘을 가득 담은 얼굴로 따라오는 것이 보이겠지!"

–케네스 그레이엄(1859~1932, 영국), 《버드나무에 부는 바람》

"And you, you will come too, young brother; for the days pass, and never return, and the South still waits for you. Take the Adventure, heed the call, now ere the irrevocable moment passes! 'Tis but a banging of the door behind you, a blithesome step forward, and you are out of the old life and into the new! Then some day, some day long hence, jog home here if you will, when the cup has been drained and the play has been played, and sit down by your quiet river with a store of goodly memories for company. You can easily overtake me on the road, for you are young, and I am ageing and go softly. I will linger, and look back; and at last I will surely see you coming, eager and light-hearted, with all the South in your face!"

–Kenneth Grahame, *The Wind in the Willows*

# 주인공
## 정신

"태양이 언젠가는 내 시계에 따르리란 걸 나는 알고 있었다니까!"

－쥘 베른(1828~1905, 프랑스), 《80일간의 세계 일주》

"I was sure that the sun would some day regulate itself by my watch!"

–Jules Verne, *Around the World in Eighty days*

# 고독(I)

"진짜 외로움은
친절한 얼굴로 가식적인 행동만 요구하는 사람들에게
둘러싸여 사는 거예요!"

　－이디스 워튼(1862~1937, 미국),《순수의 시대》

"The real loneliness is
living among all these kind people
who only ask one to pretend!"

–Edith Wharton, *The Age of Innocence*

그 누구도
심판할 수
없다

사람은 결코 다른 사람을 심판할 수 없다는 것을 기억하십시오. 자신도 눈앞
의 죄인만큼이나 죄인이며, 죄인이 저지른 일에 어쩌면 자신도 누구 못지않
은 책임이 있다는 것을 깨닫기 전에는, 그 누구도 남을 심판할 수 없습니다.
그것을 깨달아야 비로소 심판자가 될 수 있습니다.

－표도르 도스토예프스키(1821~1881, 러시아), 《카라마조프 가의 형제들》

Remember particularly that you cannot be a judge of anyone. For no one can judge a criminal until he recognises that he is just such a criminal as the man standing before him, and that he perhaps is more than all men to blame for that crime. When he understands that, he will be able to be a judge.

—Fyodor Dostoevsky, *The Brothers Karamazov*

# 엄연히
## 다른 것

인습은 도덕이 아니다. 독선은 종교가 아니다.

인습과 독선을 공격한다고 도덕과 종교를 공격하는 것은 아니다.

– 샬롯 브론테(1816~1855, 영국), 《제인 에어》

Conventionality is not morality. Self-righteousness is not religion.

To attack the first is not to assail the last.

–Charlotte Brontë, *Jane Eyre*

# 비밀

비밀을 지키고 싶다면 자기 자신에게도 숨겨야 한다.

─조지 오웰(1903~1950, 영국), 《1984》

If you want to keep a secret, you must also hide it from yourself.

–George Orwell, *1984*

# 발상의
# 전환

인생을 단순화하면 그에 따라 우주의 원리도 단순해진다.
고독이 더는 고독이 아니고, 가난이 더는 가난이 아니며, 약점이 더는 약점이
아니게 된다. 공중누각을 지었으면 어떠랴. 그 공을 허사로 돌릴 필요는 없다.
거기가 누각이 있을 자리다. 이제 할 일은 누각 밑에 기초를 쌓는 것뿐이다.

−헨리 데이비드 소로(1817~1862, 미국), 《월든》

In proportion as he simplifies his life, the laws of the universe
will appear less complex, and solitude will not be solitude,
nor poverty poverty, nor weakness weakness.
If you have built castles in the air, your work need not be lost;
that is where they should be. Now put the foundations under them.

−Henry David Thoreau, *Walden*

# 사랑(Ⅱ)

사랑이란 모든 감정 가운데 가장 이기적인 감정이다.

－알렉상드르 뒤마(1802~1870, 프랑스),《삼총사》

Love is the most selfish of all the passions.

–Alexandre Dumas, *The Three Musketeers*

# 돌아보기

"오늘밤에야 그럴싸하게 들리지만, 내일까지 기다려 보시오.
날이 밝고 상식이 돌아올 때까지 기다려 봐요."

— 허버트 조지 웰스(1866~1946, 영국), 《타임머신》

"It sounds plausible enough to-night, but wait until to-morrow.
Wait for the common sense of the morning."

–Herbert George Wells, *The Time Machine*

# 행운(Ⅰ)

"지금은 우리를 비껴간 행운이 마지막 순간에 다시 나타날 수도 있습니다."

－쥘 베른(1828~1905, 프랑스),《80일간의 세계 일주》

"The chance which now seems lost may present itself at the last moment."

—Jules Verne, *Around the World in Eighty Days*

# 혼자만의
# 생각

어쩌면 미치광이는 모두와 의견이 다른 사람에 불과할지 모른다. 한때는 지구가 태양 주위를 돈다고 믿는 것이 정신이상의 증후였다. 이제는 과거가 불변이라고 믿는 것이 그렇다. 과거 불변은 그 혼자만의 생각일지 모른다. 혼자만의 생각은 곧 미친 생각이다. 하지만 정작 그를 괴롭히는 것은 자신이 미치광이라는 생각이 아니었다. 자신도 틀릴 수 있다는 것이 무서웠다.

－조지 오웰(1903~1950, 영국), 《1984》

Perhaps a lunatic was simply a minority of one. At one time it had been a sign of madness to believe that the earth goes round the sun; today, to believe that the past is inalterable. He might be ALONE in holding that belief, and if alone, then a lunatic. But the thought of being a lunatic did not greatly trouble him: the horror was that he might also be wrong.

–George Orwell, *1984*

# 이름이
# 중요한가요

"오, 로미오, 로미오! 어째서 당신은 로미오인가요?

아버지를 부인하고 그 이름을 거절하세요.

그리 못하시면 당신의 사랑만 맹세해주세요.

그러면 내가 캐퓰렛이란 이름을 버리겠어요.

[...] 당신의 이름만이 나의 원수예요.

몬태규란 이름이 없어도 당신은 당신일 뿐.

몬태규가 뭔가요? 그것은 손도 발도 아니고

팔도 얼굴도 아니고 사람의 그 어떤 부분도 아니죠.

오, 다른 이름이 되어 주세요!

이름이 다 뭔가요? 우리가 장미라고 부르는 것을

다른 이름으로 부른다고 그 달콤한 향기가 사라지나요?

그러니 로미오 역시 로미오로 불리지 않아도

본래대로 아름답고 완벽하게 남을 거예요.

로미오, 그대의 이름을 버리세요,

그대의 어떤 부분도 아닌 그 이름 대신에

내게 있는 모든 것을 가지세요."

— 윌리엄 셰익스피어(1564~1616, 영국), 《로미오와 줄리엣》

"O Romeo, Romeo! wherefore art thou Romeo?

Deny thy father and refuse thy name;

Or, if thou wilt not, be but sworn my love,

And I'll no longer be a Capulet.

[...] 'Tis but thy name that is my enemy;

Thou art thyself, though not a Montague.

What's Montague? It is nor hand, nor foot,

Nor arm, nor face, nor any other part

Belonging to a man. O, be some other name!

What's in a name? that which we call a rose

By any other name would smell as sweet;

So Romeo would, were he not Romeo call'd,

Retain that dear perfection which he owes

Without that title. Romeo, doff thy name,

And for that name, which is no part of thee,

Take all I have."

—William Shakespeare, *Romeo and Juliet*

# 나쁜
# 해결책

"세상 모든 악에는 두 가지 해결책이 있다. 시간, 그리고 침묵."

−알렉상드르 뒤마(1802~1870, 프랑스), 《몬테크리스토 백작》

"For all evils there are two remedies– time and silence."

–Alexandre Dumas, *The Count of Monte Cristo*

# 어리석은
꿈

불행해하는 것은 어리석기 짝이 없는 꿈에 지나지 않았다.

-버지니아 울프(1882~1941, 영국), 《댈러웨이 부인》

It was a silly, silly dream, being unhappy.

-Virginia Woolf, *Mrs. Dalloway*

# 행운 (Ⅱ)

우연과 요행으로 실수가 역전되는 일이 종종 일어난다.

-루돌프 에리히 라스페(1736~1794, 독일), 《허풍선이 남작의 모험》

Chance and good luck often correct our mistakes.

Rudolph Erich Raspe, *The Surprising Adventures of Baron Munchausen*

# 은혜

세상에 은혜만큼 쉽게 잊히는 것도 없다.

−하워드 파일(1853∼1911, 미국),《로빈 후드》

There is nought in the world so easily forgot as gratitude.

–Howard Pyle, *The Merry Adventures of Robin Hood*

# 행복의
# 비결

"기억해 두게, 어떤 이름 모를 현자의 말에 따르면,
이 세상에 괜찮은 여자는 딱 한 명밖에 없어.
그리고 각자는 그 여자가 바로 자기 아내라고 믿고 사는 것이 좋아.
그것이 행복의 비결이라는군."

—미겔 데 세르반테스(1547~1616, 에스파냐), 《돈 키호테》

"Remember, it was the opinion of a certain sage, I know not whom,
that there was not more than one good woman in the whole world;
and his advice was that each one should think and believe that this one
good woman was his own wife, and in this way he would live happy."

—Miguel de Cervantes, *Don Quixote*

사랑의
빈자리

"존중은 사랑이 빠진 빈자리를 덮기 위한 거예요.
그러니까 더 이상 나를 사랑하지 않는다면
그렇다고 정직하게 말하는 게 나아요."

-레프 톨스토이(1828~1910, 러시아), 《안나 카레리나》

"Respect was invented to cover the empty place where love should be.
And if you don't love me any more,
it would be better and more honest to say so."

–Lev Tolstoy, *Anna Karenina*

# 요즘
# 사람들

"요즘 사람들은 사물의 가격만 알지 가치는 몰라요."

−오스카 와일드(1854~1900, 아일랜드), 《도리언 그레이의 초상》

"Nowadays people know the price of everything
and the value of nothing."

−Oscar Wilde, *The Picture of Dorian Gray*

# 잠
## 못 드는
### 밤

뱃속은 텅 비고 머릿속은 꽉 차면 잠이 오지 않는 법이다.

−E. B. 화이트(1899~1985, 미국), 《샬롯의 거미줄》

When your stomach is empty and your mind is full, it's hard to sleep.

−E. B. White, *Charlotte's Web*

# 두 가지
## 견해

"세상에는 두 가지 견해가 있습니다.
말없는 사람은 현명한 사람이라는 것과,
말없는 사람은 생각이 없는 사람이라는 것.
당연히 나는 후자에 동의합니다."

－존 스타인벡(1902~1968, 미국), 《에덴의 동쪽》

"I've heard two ways of looking at it.
One says the silent man is the wise man
and the other that a man without words is a man without thought.
Naturally I favor the second."

–John Steinbeck, *East of Eden*

# 왕자의 눈물

"나는 행복한 왕자란다. [...] 내가 살아서 인간의 심장을 가졌을 때는 눈물이 뭔지 몰랐어. 근심걱정 없는 궁전에 살았거든. 슬픔이 새어들 수 없는 곳이었지. 낮에는 벗들과 정원에서 놀고, 저녁에는 무도회장에서 춤을 췄어. 높다란 담이 정원을 둘러싸고 있었고, 나는 담 너머 있는 것은 조금도 궁금하지 않았어. 내 주위에는 아름다운 것들뿐이었지. 궁정사람들이 나를 행복한 왕자라고 불렀고, 나는 말 그대로 행복했어. 쾌락이 행복이라면 말이야. 나는 그렇게 살았고, 또 그렇게 죽었어. 그런데 내가 죽자 사람들이 나를 이렇게 높은 곳에 세워 놓아서, 이제는 도시의 얼룩과 고통이 낱낱이 보여. 그러니 내 심장이 아무리 납으로 되어 있어도 울지 않고는 견딜 수 없구나."

–오스카 와일드(1854~1900, 아일랜드), 《행복한 왕자》

"I am the Happy Prince. [...] When I was alive and had a human heart. I did not know what tears were, for I lived in the Palace of Sans-Souci, where sorrow is not allowed to enter. In the daytime I played with my companions in the garden, and in the evening I led the dance in the Great Hall. Round the garden ran a very lofty wall, but I never cared to ask what lay beyond it, everything about me was so beautiful. My courtiers called me the Happy Prince, and happy indeed I was, if pleasure be happiness. So I lived, and so I died. And now that I am dead they have set me up here so high that I can see all the ugliness and all the misery of my city, and though my heart is made of lead yet I cannot chose but weep."

–Oscar Wilde, *The Happy Prince*

# 진정한
# 위인

"학식이 넓고 마음이 깊다 보면 고통과 고뇌를 비껴갈 수 없습니다.
진정한 위인들이란 아마도 이 땅에서 가장 슬픈 사람들일 겁니다."

−표도르 도스토예프스키(1821~1881, 러시아), 《죄와 벌》

"Pain and suffering are always inevitable
for a large intelligence and a deep heart.
The really great men must, I think,
have great sadness on earth."

−Fyodor Dostoevsky, *Crime and Punishment*

인생(Ⅱ)

의외의 일도, 불행처럼, 항상 겹쳐서 일어난다.
　－찰스 디킨스(1812~1870, 영국),《올리버 트위스트》

Surprises, like misfortunes, seldom come alone.

–Charles Dickens, *Oliver Twist*

# 그저 그런
# 사람

"그저 그런 인간은 말썽과 위험을 반기지 않아."

-마크 트웨인(1835~1910, 미국), 《허클베리 핀의 모험》

"The average man don't like trouble and danger."

-Mark Twain, *The Adventures of Huckleberry Finn*

# 엄마가
# 딸에게

"돈이란 요긴하고 소중한 것이야. 잘만 쓰면 아주 고귀한 것이기도 해. 하지만 엄마는 너희들이 돈을 제일로 여기거나 돈만 바라고 사는 것은 원치 않아. 엄마는 너희가 자존심도 평안도 없이 왕비의 자리에 있느니, 차라리 가난한 남자의 아내로 행복하고 사랑받고 만족하게 사는 걸 보고 싶어."

－루이자 메이 올콧(1832~1888, 미국), 《작은 아씨들》

"Money is a needful and precious thing, and when well used, a noble thing, but I never want you to think it is the first or only prize to strive for. I'd rather see you poor men's wives, if you were happy, beloved, contented, than queens on thrones, without self-respect and peace."

–Louisa May Alcott, *Little Women*

# 친밀감

"친밀감을 결정하는 것은 기간이나 기회가 아니야.
그것은 오로지 기질적인 문제야. 어떤 사람은 친해지는 데
7년이 있어도 모자라지만, 어떤 사람과는 단 7일로도 충분하거든."

-제인 오스틴(1775~1817, 영국),《이성과 감성》

"It is not time or opportunity that is to determine intimacy;–
it is disposition alone. Seven years would be insufficient
to make some people acquainted with each other,
and seven days are more than enough for others."

–Jane Austen, *Sense and Sensibility*

## 시대
## 유감

이 시절은 최고의 순간이었고 동시에 최악의 시간이었다. 지혜의 시대였고 어리석음의 시대였다. 믿음의 시대였고 불신의 시대였다. 빛의 계절이었고 어둠의 계절이었다. 희망의 봄이었고 절망의 겨울이었다. 우리 앞에 모든 것이 있었고 동시에 아무것도 없었으며, 우리 모두 곧장 천국을 향하고 있었고 동시에 완전히 반대 방향으로 가고 있었다.

– 윌리엄 셰익스피어(1564~1616, 영국), 《두 도시 이야기》

It was the best of times, it was the worst of times, it was the age of wisdom, it was the age of foolishness, it was the epoch of belief, it was the epoch of incredulity, it was the season of Light, it was the season of Darkness, it was the spring of hope, it was the winter of despair, we had everything before us, we had nothing before us, we were all going direct to Heaven, we were all going direct the other way.

–Charles Dickens, *A Tale of Two Cities*

# 인지상정

"이 사람 방식도 좋고 저 사람 방식도 좋지만
결국은 자기 방식이 최고죠."

−제인 오스틴(1775~1817, 영국),《설득》

"One man's ways may be as good as another's,
but we all like our own best."

−Jane Austen, *Persuasion*

# 자기
# 상실

그녀에게 닥친 가장 큰 불행은 어떤 의견도 가질 수 없게 된 것이었다. 주변의 사물을 보면 그게 뭔지는 알아도, 거기에 어떤 의견도 내세울 수 없었을 뿐더러 무슨 말을 해야 할지도 막막했다. 자기 의견이 없다는 것은 얼마나 갑갑한 일인가! 예컨대 병이 놓여 있거나 비가 오거나 농부가 수레를 몰고 가는 것을 보면서도, 어떤 용도의 병이며 비는 왜 오며 농부는 왜 그러는지 알 수 없는 것과 같다. 설사 천 루블을 준대도 알 수 없다.

　　　　　－안톤 체호프(1860~1904, 러시아),《귀여운 여인》

What was worst of all, she had no opinions of any sort. She saw the objects about her and understood what she saw, but could not form any opinion about them, and did not know what to talk about. And how awful it is not to have any opinions! One sees a bottle, for instance, or the rain, or a peasant driving in his cart, but what the bottle is for, or the rain, or the peasant, and what is the meaning of it, one can't say, and could not even for a thousand roubles.

–Anton Chekhov, *The Darling*

# 일과
# 놀이

종류를 불문하고 반드시 해야 하는 것은 일이고,
굳이 할 필요가 없는 것은 놀이다.

－마크 트웨인(1835~1910, 미국), 《톰 소여의 모험》

Work consists of whatever a body is OBLIGED to do,

and play consists of whatever a body is not obliged to do.

–Mark Twain, *The Adventures of Tom Sawyer*

# 존재만으로
# 소중하다

"예를 들어 사람이 개에게 하는 짓을 보세요. 씩씩하게 보이게 한다고 꼬리를 싹둑 자르고, 똘똘하게 보이게 한다고 예쁜 귀를 쫑긋하게 다듬고. 말로 다 못해요. [...] 자기 자식들 귀는 왜 뾰족하게 안 자르죠? 그럼 똘똘하게 보일 텐데? 왜 자기 자식들 코는 안 자르죠? 그러면 당차게 보일 텐데? 다를 게 뭐예요? 하느님의 창조물을 학대하고 망가뜨릴 권리는 아무에게도 없어요."

–애나 슈얼(1820~1878, 영국), 《블랙 뷰티》

"Now look, for instance, at the way they serve dogs, cutting off their tails to make them look plucky, and shearing up their pretty little ears to a point to make them look sharp, forsooth. [...] Why don't they cut their own children's ears into points to make them look sharp? Why don't they cut off their noses to make them look plucky? One would be just as sensible as the other. What right have they to torment and disfigure God's creatures?"

–Anna Sewell, *Black Beauty*

# 정말
# 어려운
# 것

영웅적인 행동은 쉬웠다. 그 결과에 부응하는 것이 어려웠다.

− 윌리엄 서머셋 모옴(1874~1965, 영국), 《인간의 굴레》

It was easy to make a heroic gesture, but hard to abide by its results.

−William Somerset Maugham, *Of Human Bondage*

# 미련한
일

"위험이 닥치는 데도 그 사실을 인정하지 않는 것은
용감한 것이 아니라 미련한 거야."

 -아서 코난 도일(1859~1930, 영국), 《마지막 문제》

"It is stupidity rather than courage to refuse to recognize danger
when it is close upon you."

–Arthur Conan Doyle, *The Final Problem*

# 무관심

"사람들 입에 오르내리는 것보다 나쁜 것이 딱 하나 있지.
그것은 숫제 언급도 안 되는 것이라네."

-오스카 와일드(1854~1900, 아일랜드), 《도리언 그레이의 초상》

"There is only one thing in the world worse than being talked about,
and that is not being talked about."

–Oscar Wilde, *The Picture of Dorian Gray*

# 혁명,
# 진보,
# 미래

혁명이 무엇인지 알고 싶은가. 혁명은 곧 진보다.
진보의 성격을 알고 싶은가. 진보는 바로 미래다.

−빅토르 위고(1802~1885, 프랑스), 《레 미제라블》

If you wish to understand what revolution is, call it Progress;
and if you wish to understand the nature of progress, call it Tomorrow.

–Victor Hugo, *Les Misérables*

# 낙관의
# 힘

"이 환자가 살아날 가망은 열에 하나예요. 그것도 살려는 마음이 있을 때나
그렇죠. 이렇게 벌써부터 장의사 편에 줄설 작정을 하면 백약이 무효예요. 아
가씨의 친구는 자기는 가망 없다는 쪽으로 마음을 굳혔어요. 이 환자가 마
음에 두고 있는 거 뭐 없나요?"
"언젠가 나폴리 만을 그리고 싶다고 했어요."
"그럼? 그런 걸로는 턱도 없어요! 살고 싶다고 생각할 만한 게 뭐 없으려나?
가령 남자라든가?"
"남자요? 남자가 무슨 가치가 있다고— 아뇨, 없어요, 의사선생님. 그런 것 따
위는 없어요."
"어허, 그럼 불리한데. 내 의술을 다 동원해서 힘닿는 데까지 애써 보겠지만,
환자가 자기 장례행렬에 올 마차 수나 세기 시작하면 약의 효능이 반으로 떨
어져요. 환자 입에서 이번 겨울에는 어떤 외투소매가 유행할까 정도의 질문
만 하나 나와도 살아날 가망이 열에 하나가 아니라 다섯에 하나로 뛸 텐데."

—오 헨리(1862~1910, 미국), 《마지막 잎새》

"She has one chance in– let us say, ten. And that chance is for her to want to live. This way people have of lining-up on the side of the undertaker makes the entire pharmacopoeia look silly. Your little lady has made up her mind that she's not going to get well. Has she anything on her mind?"

"She– she wanted to paint the Bay of Naples some day."

"Paint?– bosh! Has she anything on her mind worth thinking twice– a man for instance?"

"A man? Is a man worth– but, no, doctor; there is nothing of the kind."

"Well, it is the weakness, then I will do all that science, so far as it may filter through my efforts, can accomplish. But whenever my patient begins to count the carriages in her funeral procession I subtract 50 percent from the curative power of medicines. If you will get her to ask one question about the new winter styles in cloak sleeves I will promise you a one-in-five chance for her, instead of one in ten."

–O. Henry, *The Last Leaf*

# 태양
# 아래

"태양 아래 새로운 것은 없습니다. 다 한 번씩은 해봤던 거죠."

─아서 코난 도일(1859~1930, 영국), 《주홍색 연구》

"There is nothing new under the sun. It has all been done before."

–Arthur Conan Doyle, *A Study in Scarlet*

# 자유
## 의지

"나는 새가 아니에요. 어떤 그물로도 날 잡을 수 없어요.
나는 독자적 의지를 가진 자유인이에요.
그리고 이제 그 의지로 당신을 떠나려 해요."

　－샬롯 브론테(1816~1855, 영국), 《제인 에어》

"I am no bird; and no net ensnares me;
I am a free human being with an independent will,
which I now exert to leave you."

–Charlotte Brontë, *Jane Eyre*

생심(生心)

호주머니가 텅 비었을 때만큼 모험심이 발동할 때도 없다.

－빅토르 위고(1802~1885, 프랑스), 《파리의 노트르담》

Nothing makes a man so adventurous as an empty pocket.

–Victor Hugo, *The Hunchback of Notre Dame*

# 공주의
# 자격

"어떤 일이 닥쳐도 바뀌는 것은 없어. 누더기를 입었어도
마음이 공주면 공주야. 금으로 치장한 옷을 입고 공주 노릇하기는 쉬워.
남들이 알아주지 않을 때 공주로 사는 것이 훨씬 위대한 승리야."

―프랜시스 호지슨 버넷(1849~1924, 영국), 《소공녀》

"Whatever comes cannot alter one thing. If I am a princess in rags and
tatters, I can be a princess inside. It would be easy to be a princess
if I were dressed in cloth of gold, but it is a great deal more of a triumph
to be one all the time when no one knows it."

―Frances Hodgson Burnett, *A Little Princess*

# 저주

저주는 인간만이 할 수 있다. (저주는 인간의 특권이고, 인간과 다른 동물을
구분 짓는 중요한 특징이다.)

-표도르 도스토예프스키(1821~1881, 러시아),《지하생활자의 수기》

Only man can curse. (It is his privilege, the primary distinction between
him and other animals.)

–Fyodor Dostoevsky, *Notes from the Underground*

# 김칫국

재력 있는 독신남자라면 당연히 아내감을 찾을 거라는 생각은
만인이 진리로 인정하는 바다. 그래서 그런 남자가 이웃에 나타났다 하면,
이 진리를 철석같이 믿고 사는 사람들은,
정작 그 남자가 무슨 마음인지 어떤 생각인지는 아랑곳 않고,
대뜸 그 남자를 자기 집 딸 중 하나가 차지할 재산으로 찜해 버린다.

−제인 오스틴(1775~1817, 영국), 《오만과 편견》

It is a truth universally acknowledged, that a single man in possession
of a good fortune, must be in want of a wife. However little known
the feelings or views of such a man may be on his first entering
a neighbourhood, this truth is so well fixed in the minds of the
surrounding families, that he is considered the rightful property
of some one or other of their daughters.

−Jane Austen, *Pride and Prejudice*

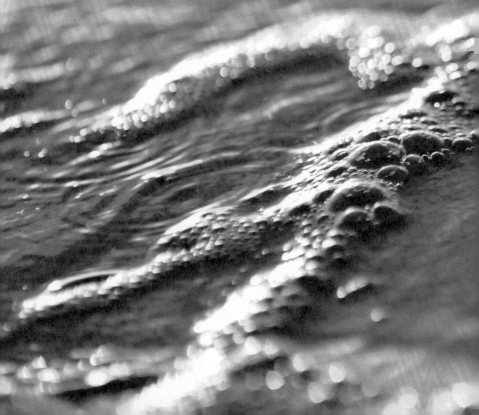

가장
헷갈리는
문제

"도대체 나는 누구지? 아이참, 그걸 제일 모르겠어!"
―루이스 캐럴(1832~1898, 영국), 《이상한 나라의 앨리스》

"Who in the world am I? Ah, THAT'S the great puzzle!"

–Lewis Carroll, *Alice's Adventures in Wonderland*

# 고독(Ⅱ)

"혼자라. 인간이 혼자서 할 수 있는 일이 얼마나 적은지 미처 몰랐어!
찔끔 훔치고, 찔끔 해치고, 그리고 그게 끝이야."

　　-허버트 조지 웰스(1866~1946, 영국), 《투명인간》

"Alone– it is wonderful how little a man can do alone!
To rob a little, to hurt a little, and there is the end."

–Herbert George Wells, *The Invisible Man*

# 지금 할
일

안 가지고 온 것이 한두 가지가 아니군.
다른 것들도 모두 가지고 왔어야 했어, 노인은 생각했다.
하지만 지금와서 그런 생각을 하면 뭣해. 지금은 없는 것을 생각할 때가 아니야.
있는 것으로 무엇을 할 수 있을 지나 생각하라고.

–어니스트 헤밍웨이(1899~1961, 미국), 《노인과 바다》

You should have brought many things, he thought. But you did not bring
them, old man. Now is no time to think of what you do not have.
Think of what you can do with what there is.

–Ernest Hemingway, *The Old Man and the Sea*

# 자유인

"아뇨. 대장은 자유롭지 않아요. 어쩌면 대장이 묶여 있는 줄이 남들보다 길지 모르죠. 그뿐이에요. 기다란 줄에 묶여 왔다 갔다 하니까 본인이 자유로운 줄 알지만, 결코 줄을 싹둑 잘라 버리치는 못해요. [⋯] 줄을 끊기란 정말 어려워요, 대장. 줄을 끊으려면 머리가 맛이 가야 돼요. 바보가 돼야 한다고요, 알겠어요? 모든 걸 걸어야 해요. 하지만 대장은 머리가 기막히게 좋으니 머리를 이기기는 글렀어요. 사람의 머리는 식료품상 같아서 항상 계산을 해 대죠. 이만큼 내주고 이만큼 벌었으니 이익은 얼마고 손질은 얼마다! 머리라는 것은 이렇게 좀스런 가게주인에 불과해요. 절대로 가진 걸 전부 거는 법이 없죠. 항상 얼마간은 예비금으로 남겨 둬요. 그러니 줄을 자를 수 있겠어요? 자르기는커녕, 이 염병할 놈은 줄에 죽어라 들러붙어요! 행여 줄을 놓치면 머리라는 불쌍한 놈은 길을 잃고 볼 장 다 보는 거예요! 하지만 사람이 줄을 자르지 않고 인생의 무슨 맛을 알겠어요? 인생이 멀건 카밀레 차 맛이죠. 럼주 같은 맛은 없어요. 하지만 럼주 맛도 모르고 인생을 속속들이 안다고 할 수 있나요!"

　　　─ 니코스 카잔차키스(1883~1957, 그리스), 《그리스인 조르바》

"No, you're not free. The string you're tied to is perhaps longer than other people's. That's all. You're on a long piece of string, boss; you come and go, and think you're free, but you never cut the string in two. [...] It's difficult, boss, very difficult. You need a touch of folly to do that; folly, d'you see? You have to risk everything! But you've got such a strong head, it'll always get the better of you. A man's head is like a grocer; it keeps accounts: I've paid so much and earned so much and that means a profit of this much or a loss of that much! The head's a careful little shopkeeper; it never risks all it has, always keeps something in reserve. It never breaks the string. Ah no! It hangs on tight to it, the bastard! If the string slips out of its grasp, the head, poor devil, is lost, finished! But if a man doesn't break the string, tell me, what flavor is left in life? The flavor of chamomile, weak chamomile tea! Nothing like rum– that makes you see life inside out!"

–Nikos Kazantzakis, *Zorba the Greek*

## 인형 같은 삶

"당신은 내게 항상 다정했어요. 하지만 우리 집은 놀이방에 지나지 않았어요. 나는 당신의 인형 같은 아내였을 뿐이에요. 친정에서는 아버지의 인형 같은 딸이었던 것처럼요. 여기서는 우리 아이들이 내 인형이었죠. 당신이 나를 데리고 놀아줘서 즐거웠어요. 내가 데리고 놀아주면 아이들이 즐거워했던 것처럼요. 이게 우리의 결혼이었어요."

— 헨리크 입센(1828~1906, 노르웨이), 《인형의 집》

"You have always been so kind to me. But our home has been nothing but a playroom. I have been your doll-wife, just as at home I was papa's doll-child; and here the children have been my dolls. I thought it great fun when you played with me, just as they thought it great fun when I played with them. That is what our marriage has been."

–Henrik Ibsen, *A Doll's House*

# 무지의
# 끝

"이 둘은 인간의 아이들이다. [...]
남자아이는 '무지'고, 여자아이는 '빈곤'이다.
둘 다 경계하라. 이들과 비슷한 모든 것을 경계하라.
무엇보다 무지를 경계하라.
무지의 이마에 '파멸'이라 쓰여 있으니."

– 찰스 디킨스(1812~1870, 영국), 《크리스마스 캐럴》

"They are Man's [children]. [...] This boy is Ignorance. This girl is Want.
Beware them both, and all of their degree,
but most of all beware this boy,
for on his brow I see that written which is Doom"

– Charles Dickens, *A Christmas Carol*

책
나름

"착하게 굴면 책을 읽게 해주마. 책 껍데기만 쳐다보는 것보다는
그편이 재미있을 거다. 하기야 책 나름이지.
개중에는 그나마 껍데기밖에는 볼 게 없는 책들도 많으니까."
　-찰스 디킨스(1812~1870, 영국), 《올리버 트위스트》

"You shall read them, if you behave well, and you will like that, better
than looking at the outsiders, – that is, some cases; because there are
books of which the backs and covers are by far the best parts."
–Charles Dickens, *Oliver Twist*

# 자유와
생명

자유도 생명도 날마다 싸워서 얻는 자만이
그것을 누릴 자격이 있다.

−요한 볼프강 폰 괴테(1749~1832, 독일), 《파우스트》

Of freedom and of life he only is deserving
Who every day must conquer them anew.

−Johann Wolfgang von Goethe, *Faust*

# 행운을
# 기다리는
# 자세

노인은 생각했다. 나는 낚싯줄을 정확히 드리우는 편이야. 다만 더는 운이 없을 뿐이지. 하지만 누가 알아? 어쩌면 오늘은 다를지도. 매일이 새로운 날이야. 운이 따르면 좋기야 하지. 하지만 그보다는 빈틈없고 싶어. 그래야 행운이 왔을 때 낚아챌 수 있지.

─어니스트 헤밍웨이(1899~1961, 미국), 《노인과 바다》

He thought, I keep them with precision. Only I have no luck any more. But who knows? Maybe today. Every day is a new day. It is better to be lucky. But I would rather be exact. Then when luck comes you are ready.

–Ernest Hemingway, *The Old Man and the Sea*

# 예술가

"예술가는 조물주와 같아서,

자기 작품의 안에도 뒤에도 너머에도 위에도 존재한다.

눈에 보이지 않게, 존재로부터 걸러져서, 무심하게, 손톱을 다듬으면서."

–제임스 조이스(1882~1941, 아일랜드),《젊은 예술가의 초상》

"The artist, like the God of creation,

remains within or behind or beyond or above his handiwork,

invisible, refined out of existence, indifferent, paring his fingernails."

–James Joyce, *A Portrait of the Artist as a Young Man*

# 돈의 미덕

"돈이란 얼마나 멋진 조정자이고 중재자인가!"

– 윌리엄 새커리(1811~1863, 영국), 《허영의 시장》

"What a charming reconciler and peacemaker money is!"

–William Thackeray, *Vanity Fair*

# 가장
# 집요한
# 계획

"나의 복수는 이제부터다!
나의 복수는 세기를 넘어 이어진다. 시간은 나의 편이다."

―브람 스토커(1847~1912, 영국), 《드라큘라》

"My revenge is just begun!
I spread it over centuries, and time is on my side."

―Bram Stoker, *Dracula*

# 행복의
# 기준

천국에서 종살이하느니 지옥에서 왕 노릇하겠다.

−존 밀턴(1608~1674, 영국), 《실낙원》

Better to reign in Hell, than serve in Heav'n.

—John Milton, *Paradise Lost*

먹는
위안

"맘고생도 먹으면서 하면 덜 서럽죠."

−미겔 데 세르반테스(1547~1616, 에스파냐), 《돈 키호테》

"Woes are lighter if there's bread."

−Miguel de Cervantes, *Don Quixote*

# 계시

"[울새야,] 어제는 열쇠 있는 곳을 가르쳐줬으니
오늘은 문이 있는 곳을 알려주렴."

−프랜시스 호지슨 버넷(1849~1924, 영국), 《비밀의 정원》

"[Robin,] You showed me where the key was yesterday.
You ought to show me the door today."

−Frances Hodgson Burnett, *The Secret Garden*

마음의
병

의식이 지나치게 예리한 것도 병이다. 위중하기 짝이 없는 병이다.

—표도르 도스토예프스키(1821~1881, 러시아), 《지하생활자의 수기》

To be too conscious is an illness– a real, thoroughgoing illness.

–Fyodor Dostoevsky, *Notes from the Underground*

책의
예의

"그림도 대화도 없는 책을 어디다 쓴담?"

−루이스 캐럴(1832~1898, 영국),《이상한 나라의 앨리스》

"What is the use of a book without pictures or conversation?"

–Lewis Carroll, *Alice's Adventures in Wonderland*

# 상상력(II)

"자네는 상상력의 고삐를 너무 풀어 줬군. 상상력은 잘 다스리면 좋지만,
휘둘리면 낭패야. 가장 단순한 추리가 가장 사실에 가까운 법일세."

   ─애거서 크리스티(1890~1976, 영국),《스타일스 저택의 괴사건》

"You gave too much rein to your imagination.

Imagination is a good servant, and a bad master.

The simplest explanation is always the most likely."

─Agatha Christie, *The Mysterious Affair at Styles*

# 모순

"모든 동물은 평등하다. 하지만 어떤 동물은 다른 동물들보다 더 평등하다."

-조지 오웰(1903~1950, 영국), 《동물농장》

"All animals are equal, but some animals are more equal than others."

-George Orwell, *Animal Farm*

# 눈물의
# 함정

"작작 좀 울걸! 너무 울어서 벌을 받는 거야.
내가 흘린 눈물에 내가 빠져 죽게 될 줄이야!"

 -루이스 캐럴(1832~1898, 영국),《이상한 나라의 앨리스》

"I wish I hadn't cried so much!
I shall be punished for it now, I suppose,
by being drowned in my own tears!"

–Lewis Carroll, *Alice's Adventures in Wonderland*

## 위선자에게
## 한마디

"우리의 우정일랑 친구가 죽은 다음이 아니라
살아 있을 때 보여 주도록 합시다."

-프랜시스 스콧 피츠제럴드(1896~1940, 미국), 《위대한 개츠비》

"Let us learn to show our friendship for a man
when he is alive and not after he is dead."

–Francis Scott Fitzgerald, *The Great Gatsby*

# 남녀의
# 차이

"당신을 위해서라면 기꺼이 밤낮으로 일할 수 있어, 노라.
당신을 위해서라면 슬픔과 가난을 감수할 수 있어.
하지만 자기 명예까지 희생해가며 여자를 사랑할 남자는 없어."
"여자들은 수없이 해 왔던 일이에요."

—헨리크 입센(1828~1906, 노르웨이), 《인형의 집》

"I would gladly work night and day for you.
Nora— bear sorrow and want for your sake.
But no man would sacrifice his honour for the one he loves."
"It is a thing hundreds of thousands of women have done."

—Henrik Ibsen, *A Doll's House*

# 그쯤
## 돼야

"나는 자기 상상력을 충족시킬 수준은 되어야 부자라고 생각해요."

– 헨리 제임스(1843~1916, 미국), 《여인의 초상》

"I call people rich when they're able to meet the requirements
of their imagination."

–Henry James, *The Portrait of a Lady*

# 정글의
법칙

"정글의 법칙이 뭐냐고? 일단 갈기고 입은 나중에 놀린다."

-러디어드 키플링(1865~1936, 영국),《정글북》

"What is the Law of the Jungle? Strike first and then give tongue."

-Rudyard Kipling, *The Jungle Book*

# 닮은
## 두 가지

섹스와 한 잔의 칵테일.

이 둘은 끝나는 시간도 비슷하고, 효과도 비슷하고, 후유증도 비슷하다.

-데이비드 허버트 로렌스(1885~1930, 영국),《채털리 부인의 연인》

Sex and a cocktail: they both lasted about as long, had the same effect,

and amounted to about the same thing.

-David Herbert Lawrence, *Lady Chatterley's Lover*

## 어른의
## 방식

어른들에게 새 친구가 생겼다고 하면, 어른들은 막상 중요한 것들은 묻지 않는다. "그 애 목소리가 어때? 어떤 놀이를 제일 좋아해? 나비를 수집하니?" 같은 것은 묻지도 않고 "몇 살인데? 형제는 몇 명이야? 몸무게는? 아버지는 얼마나 버시지?" 같은 것만 물어본다. 이런 숫자들을 알아야 그 애를 파악했다고 생각한다.

어른들에게 "창가에 제라늄이 피어 있고, 지붕에 비둘기가 노는 아름다운 장밋빛 벽돌집을 봤어요."라고 하면 어른들은 그게 어떤 집인지 전혀 감을 못 잡는다. "십만 프랑짜리 집을 봤어요."라고 해야 그제야 "어머나, 예쁜 집이구나!" 하고 환호한다.

−앙투안 드 생텍쥐페리(1900∼1944, 프랑스), 《어린 왕자》

When you tell [the grown-ups] that you have made a new friend, they never ask you any questions about essential matters. They never say to you, "What does his voice sound like? What games does he love best? Does he collect butterflies?" Instead, they demand: "How old is he? How many brothers has he? How much does he weigh? How much money does his father make?" Only from these figures do they think they have learned anything about him.

If you were to say to the grown-ups: "I saw a beautiful house made of rosy brick, with geraniums in the windows and doves on the roof," they would not be able to get any idea of that house at all. You would have to say to them: "I saw a house that cost 100,000 francs." Then they would exclaim: "What a pretty house that is!"

–Antoine de Saint-Exupéry, *The Little Prince*

《천일야화》의 이야기꾼 세헤라자데는 발군의 이야기 실력으로 본인 목숨을 구했을 뿐 아니라 왕을 폭군에서 성군으로 바꿨다. 우연하고 즉흥적인 '지어내기' 재주가 그녀가 지닌 실력의 전부가 아니었다. 세헤라자데는 어려서부터 선왕들의 연대기와 전설을 정독하고, 옛 문화에 대한 글들을 찾아 읽고, 숱한 시를 줄줄 외우는 고전의 대가였다. 그리고 자신의 인문 지식을 믿고 초야의 동이 트면 목이 잘리는 왕비 자리에 자청해서 들어간 당찬 여자였다. 책읽기의 힘을, 특히 고전의 힘을 상징적으로 보여 주는 이야기치고 세헤라자데의 이야기만 한 것이 없다.

헨리 데이비드 소로는 《월든》에서 '고전은 유일하게 썩지 않는 신탁이며, 어떠한 현대적인 물음에도 델포이 빰치는 현답을 품고 있다'고 했다. 고전은 인생의 어느 시점에서 또는 어떤 처지에서 읽는지에 따라 와 닿는 정도도, 각별히 다가오는 부분도 다르다. 모든 책이 다 그렇지만 특히 고전이 그렇다. 책 자체가 오랜 세월을 살면서 수많은 독자들을 만났고, 심지어 내가 존재하기 전부터 존재했다는 신비감이 한몫한다. 고전에서 나만의 그물로 기대치 않게 건져 올리는 지혜와 거기서 나를 향해 퍼덕이는 글월은 그래서 더 개인적이고, 더 깊이 스민다.

안네 프랑크와 같은 나이였던 중학교 시절 처음 읽은 《안네의 일기》는 서

른을 훌쩍 넘겨 다시 읽은 《안네의 일기》와 큰 차이가 있었다. 서른이 넘어 다시 읽으면서 나는 의외로 안네가 전쟁 얘기를 많이 하지 않는 것에 놀랐다. 안네는 인생 얘기와 본인 얘기를 더 많이 했다. 그게 더 나를 울렸다. 훗날 다시 접하는 고전은 처음과는 다른 빛깔의 감동을 주었다. 《어린 왕자》는 읽을 때마다 새로웠다. 《사람은 무엇으로 사는가》도 세상에 신세진 일이 적은 어린 나이에 이해할 질문은 아니었다. 어린 시절 만화와 종이 인형 버전으로 접한 《작은 아씨들》은 사실 꽤 방대한 이야기였고, 동화책으로 읽었던 《돈 키호테》는 어른 세계의 해학이 질펀하게 늘어진 드라마였다. 나이 먹고 처음 읽은 고전도 있다. 《카라마조프 가의 형제들》을 어릴 때 읽었으면 자칫 지루하고 두꺼운 책으로 기억할 뻔했다. 인간의 욕망이 적나라하게 분석되는 흥미진진한 추리물로 읽을 수 있었던 것은 그나마 나이의 힘이었다.

학창 시절 짧은 기간에 전집으로 독파하는 바람에 이제는 솔직히 카츄샤가 《부활》에 나오는지 《죄와 벌》에 나오는지 헷갈리고, 달타냥까지 합쳐서 삼총사인지 빼고 삼총사인지 아득하다. 고전은 방학 숙제처럼 몰아서 읽는 책들이 아니라 살면서 멘토처럼 기대고, 친구처럼 내 얼굴을 닮아 가는 책이다. 책을 읽으면서 내게 보내는 계시 같은 글을 발견하면 정말로 내 책이 된 듯 뿌듯했다. 시간이 흘러 줄거리가 희미해져도 책과 맺은 인연은 그렇게 남았다.

서양 고전 속 좋은 글귀들을 모아 달라는 청아출판사의 제안을 받고, 그동안 하나둘 모아 뒀던 글귀들을 정리하는 계기가 됐다. 이번에 새로 찾아서 보탠 글귀도 많다. 어느 쪽이든 원문 확보가 먼저고 번역이 나중이었다. 번역을 할 때 각각의 글월이 원작 속 맥락을 유지하면서도 격언처럼 독립성을 지니도록 노력했다. 원문에 충실하면서도 자연스러운 우리글이 되도록 애썼지만 부족한 점만 가슴에 남는다. 특히 영어권 고전이 아닌 경우 인용한 영문도 번역문이라 중역이라는 한계가 있었다.

고전의 바다에서 글을 뽑는 것은 막막한 모험이었다. 좋은 글월은 너무나 많았고, 선택은 고통이었다. 능력의 한계와 마감의 속박이 고마울 정도였다. 나름의 기준이 있었다면 삶의 다양한 단계에 있는 다양한 독자들에게 두루 다가갈 수 있도록, 되도록 많은 작품에서 여러 가지 주제의 글들을 모으는 것이었다.

꿈을 펴는 독자들에게 응원이 되고, 숨을 고르는 독자들에게 위안을 주는 책이었으면 한다. 책을 펼치는 독자마다 별 같고 등대 같은 신탁을 발견하기를 기도한다.

2013년 5월
이재경